Para Denise, por toda su ayuda con este libro

Browne, Anthony
    En el bosque/ Anthony Browne. –
México : FCE, 2004
    28 p. ; ilus. ; 27.5 x 25 cm.– (Colec.
Los Especiales A la Orilla del Viento)
    Título original Into the Forest
    ISBN 986-16-7218-6

    1.Literatura infantil I. Ser II. t.

LC I863 Dewey 808.068 P558j

Primera edición en inglés: 2004
Primera edición en español: 2004

Coordinación de la colección: Daniel Goldin y Andrea Fuentes
Traducción de Juana Inés Dehesa

Título original: *Into the Forest*
©2004, Anthony Browne
Publicado por acuerdo con Walker Books Ltd., Londres, SE11 5HJ
ISBN 07445 9797-8

D. R. © 2004, Fondo de Cultura Económica
    Av. Picacho Ajusco 227, 14200, México, D. F.

www.fondodeculturaeconomica.com

ISBN 968-16-7218-6

Impreso en China – Printed in China.

Tiraje: 10 000 ejemplares

En el bosque

Papá, regresa!

Anthony Browne

S xz B

LOS ESPECIALES DE
A la orilla del viento
FONDO DE CULTURA ECONÓMICA
MÉXICO

155394613

Una noche, me despertó un ruido espantoso.

A la mañana siguiente

todo estaba en silencio.

Papá no estaba.

Le pregunté a mamá

cuándo iba a regresar,

pero no tenía cara

de saberlo.

Extrañaba a papá.

Al día siguiente, mamá me pidió que le llevara un pastel

a la abuela que se sentía mal. Quiero mucho a la abuela.

Siempre me cuenta unas historias maravillosas.

Hay dos caminos para ir a su casa: el largo, que es muy tardado,

o el atajo a través del bosque.

—No vayas por el bosque —dijo mamá—. Vete por el camino largo.

Pero ese día, por primera
vez, escogí el atajo.
Quería estar en casa
por si papá regresaba.

Después de un rato me encontré a un niño.

—¿Quieres comprar una linda vaquita lechera? —preguntó.

—No —respondí (¿para qué querría yo una vaca?).

—Te la cambio por ese dulce pastelito de tu canasta —me dijo.

—No, es para mi abuela que se siente mal —dije, y seguí caminando.

—Yo también me siento mal —oí que decía—,

yo también me siento mal…

Al internarme más en el bosque me encontré

a una niña de trenzas doradas.

—Qué bonita canastita —dijo—. ¿Qué tiene?

—Un pastel para mi abuela, que se siente mal.

—Me encantaría un pastel como ése —dijo.

Seguí caminando y la oí decir:

—Qué rico pastel, me encantaría tener uno...

El bosque se volvía cada vez más oscuro y frío, y vi a otros dos niños acurrucados junto a una fogata.

—¿Has visto a papá y a mamá? —preguntó el niño.

—No, ¿los perdieron?

—Están en alguna parte del bosque cortando leña —dijo la niña—, pero ya quiero que vuelvan.

Mientras seguía caminando, escuché el triste llanto de la niña, pero, ¿qué podía hacer yo?

Me estaba dando mucho frío y deseé haber traído un abrigo. De pronto,
vi uno. Era muy bonito y caliente, pero en cuanto me lo puse me dio
miedo. Sentí que algo me seguía. Recordé una historia que me contaba
la abuela sobre un lobo feroz. Empecé a correr y sin darme cuenta
me aparté del camino. Corrí y corrí cada vez más adentro del bosque,
pero estaba perdido. ¿Dónde estaba la casa de la abuela?

¡Por fin! ¡Ahí estaba!

Toqué la puerta y una voz preguntó

—¿Quién es? —Pero no parecía la voz de la abuela.

—Soy yo. Traje un pastel de parte de mamá.

Empujé un poco la puerta.

—Entra, corazón —dijo la extraña voz.

Estaba aterrorizado. Lentamente, entré.

Ahí, en la cama de la abuela, estaba…

¡La abuela!

—Ven acá, cariño —dijo con voz gangosa—. ¿Cómo estás?

—Mucho mejor —dije.

Entonces oí un ruido a mis espaldas. Me di la vuelta y...

¡PAPÁ!

Les conté todo mientras tomábamos una bebida caliente

y yo comía dos pedazos del delicioso pastel de mamá.

Después nos despedimos de la abuela, que ya se sentía mejor.

Cuando llegamos a la casa empujé la puerta.

—¿Quién es? —preguntó una voz.

—Nosotros —contestamos.

Y apareció mamá, sonriendo.